Hanna Fiedrich

Adieu Léa

FRANLIA

Texte	Hanna Fiedrich
Calligraphies	© Hassan Majdi
Maquette	www.comlay.de

http://compagnie-franlia-hanna-fiedrich.com

ISBN 978-2-490145-01-0

Tous mes remerciements à Serge Glibert pour son aide précieuse.

la peur

Tu m'as annoncé ta venue il y a deux semaines, ce malheureux jour en novembre. Je n'ai dormi que très peu après, toute la journée et la plus grande partie de la nuit j'étais paralysée par ce que tu m'avais dit. Le froid et la peur m'ont envahie, je n'arrivais pas à pleurer tant j'avais mal…

Ta voix ne tremblait même pas quand tu m'as parlé.

Elle était si claire, si harmonieuse ; j'ai toujours aimé ta voix que je connais depuis notre tendre enfance ; le temps des sucettes aux fruits et des gâteaux que faisait ta maman.

une fleur

Nous nous sommes rencontrées, je me souviens, dans un village de vacances, deux petites filles qui se sont aimées dès le premier instant, au premier regard. Tu portais une jupe bleue et dans tes cheveux tu avais glissé une fleur, une vraie fleur, chipée dans un jardin.

Tu étais si triste au moment de te séparer de moi à la fin des vacances, je me souviens de cette première séparation.

Mais tu ne laissais rien apparaître, tu étais déjà si forte.

Tu voulais déjà tout contrôler, cela me faisait à la fois sourire et souffrir un peu.

Océan

Puis l'enfance s'est écoulée en pente douce, après ce fut l'adolescence. On s'est toujours écrit, revues quelques fois et ratées trop souvent, toi ici et moi ailleurs.

Puis ce fut l'université, ton premier boulot comme journaliste, tu as pris la grande route…

Moi, toujours et encore rêveuse, j'ai habité dans cette petite maison mystérieuse au bord de l'océan. Je t'ai envoyé des photos, une maison un peu comme celle de Long Island.
Tu m'as répondu : « la maison des fantômes ! »
Tu y étais venue souvent.

Amours

J'ai vécu avec mon appareil photo au poing, je vendais par-ci par-là quelques clichés juste pour vivre ; le succès m'effrayait, alors je le fuyais.

Toi, tu as pris les grands chemins et tu as rencontré l'homme de ta vie.

Moi, j'ai vécu longtemps des amours fugaces. Maintenant je sais que je n'ai eu que deux grands amours dans ma vie, toi bien sûr et celui qui a croisé ma route il y a peu de temps. Il est comme toi mon alter ego, mon âme sœur, mon frère d'armes.

Mais toi, tu le sais bien, mon premier amour, ce fut toi, ma douce. Tu m'accompagnes déjà depuis si longtemps. Notre amour n'a cessé de s'intensifier depuis nos six ans.

C'est vrai, je ne pourrai jamais passer autant de temps avec l'homme de ma vie que celui que j'ai passé à tes côtés, même si parfois la distance, ton métier, nous séparaient.

La mort

Et maintenant mourir. Tu me l'as dit au téléphone.

Tu n'as pas voulu aller ni en Suisse ni en Belgique.

Cela aurait pu être moins terrible, mais tu voulais mourir en France où il est impossible d'obtenir le cocktail mortel.

Tu t'es procuré des ordonnances, tu t'es rendue dans une vingtaine de pharmacies pour trouver ce qui t'aidera à passer de l'autre côté, au sommeil éternel. Comme toujours, tu étais déterminée. Toi et le cancer – tu as décidé de ne pas attendre la mort, tu as choisi d'agir.

Seule

Tu savais que cela pourrait être douloureux, ta mort. Tu m'as dit que c'était avec moi que tu voulais être et pas avec ton chéri. Après ton appel, j'ai demandé à Laurent de partir, j'ai voulu passer seule les deux semaines avant ton arrivée ; il n'a pas posé de questions.

Toi, tu passerais tes quinze derniers jours avec ton bien-aimé dans ce chalet que tu aimes tant et que je connais si bien, en Savoie. Enfin tu me rejoindrais chez moi, au bord de l'océan, où tu voulais finir ta vie.

la main

Je te l'ai promis, je serai seule quand tu viendras. Même si je ne meurs pas avec toi, je te tiendrai la main sans plainte, alors que cela me déchirera. Je partagerai ta solitude mortelle.

Puis ce matin tu es arrivée, je t'attendais, tu ne voulais pas que nous nous attardions, nous égarions dans ce froid d'hiver.

Nous nous sommes prises par la main comme quand nous étions petites, nous avons emporté les huîtres que j'avais ouvertes, le champagne, avons marché longtemps jusqu'à ce que nous soyons cachées loin de tout dans un coin où personne ne s'aventure.

enlacées

Tu as avalé tous les cachets, puis nous avons bu le champagne et mangé les huîtres, tu souriais. Ta main dans la mienne était si froide, mais ne tremblait pas. « Il ne faut pas vomir, ma chérie », t'ai-je dit dans le creux de l'oreille, dévastée.

Et puis plus de mots. Le temps, passé en silence avec toi, enlacées, en regardant les vagues d'hiver déchaînées, m'a semblé durer une vie. Une vie entière, si intense…

Vagues

Fébrilement tu t'es levée et tu t'es avancée lentement vers le chaos bleu. Tu t'es retournée, m'as regardée. Et tu as continué d'avancer.

Attends, mon amour, jamais plus je ne vais te revoir, je voulais crier. Mais je suis restée muette. Mes yeux te fixaient, toi qui disparaissais. Et puis l'océan t'a engloutie. Il n'y avait plus que des vagues.

voyage

Je suis glacée, je déteste la mort, je la déteste si fort.

Je regarde ma montre. Tu es partie dans l'eau froide depuis dix minutes.

Le bruit de l'océan m'est insupportable, aucun signe de toi, il fait froid.

Dix minutes, tu dois être morte déjà. Impossible de survivre plus longtemps dans cette eau glacée.

Tu avais si peur que quelqu'un ait la mauvaise idée de vouloir t'empêcher de partir. Je t'ai promis, que cela n'arriverait pas, que je serais la gardienne de ton dernier voyage.

Je suis là, je reste encore.

horizon

Comment sera ma vie sans toi, je ne sais pas, parsemée de doutes, de solitudes ? Je ne sais plus.

Le cancer t'avait déjà rongée, tu étais presque transparente quand je t'ai vue ce matin, presque trépassée avant de partir.

Je ne sais pas combien de temps s'est écoulé ; je rentre, le soleil se noie à l'horizon …

Je marche au bord de l'océan, hagarde.

Tu me manques, tu me manques tellement déjà. J'ai envie de hurler.

Vie

Le téléphone, des messages de Laurent.

Laurent, je t'aime, mais toi, tu es la vie, je n'arrive pas à te parler, je suis sans voix.

Je ne suis plus dans la vie, mon amour, je suis dans les ténèbres, quelque part entre cette rive et l'autre. Je dois souffrir isolée pour mon adieu à mon amour féminin.

me

Je brûle tout, les photos, les souvenirs, les lettres de notre amour. Tu continueras ta vie en moi, tu le sais, mais je ne peux plus regarder nos images.

Je hais la mort et la vie, je te déteste de m'avoir laissée.

Je me sens si seule, amputée, ton absence me consume.
Que sera ma vie sans toi… une vie de hasard ?

Réponds-moi, mon amie. J'ai besoin de te parler.

Je pleure, mon âme est délabrée.

Ma montagne

Laurent n'arrête pas d'envoyer des messages.

Je ne sais plus que faire, j'ai l'impression que la folie va me gagner.

Avant que je ne sois emportée dans son courant, je vais retrouver Laurent, lui répondre vite, écouter sa voix chaude.

Je sais très bien que plus rien ne sera jamais pareil maintenant que tu n'es plus là …

Je vais partir loin, très loin des vagues qui t'ont emportée, à la montagne ou dans une grande ville, loin d'ici.

Je vais quitter cette maison au bord de l'océan dans laquelle nous nous sommes tant aimées.

Je vais partir avec Laurent pour vivre ailleurs.

J'ai envie de me serrer contre toi, Laurent, tu es le seul rempart à la mort.

Adieu
Léa

Adieu Léa, mon tendre amour d'enfance.

Hanna Fiedrich est une auteure et comédienne allemande qui vit dans le Sud de la France.

De la même auteure :

L'amour et la mer
ACALA 2014

Faux rire, incapable !
Éditions les Presses Littéraires 2016

Sog der Vergangenheit
ACALA 2020

Les remous du passé (la traduction de Sog der Vergangenheit)
FRANLIA 2022

Printed in Great Britain
by Amazon

29279864R00025